SVEN ET TANKA

SVEN ET TANKA

1. Une rencontre inattendue

Scénario : Rémy Benjamin
Dessin et couleurs : Brice Follet

DUPUIS

Les auteurs remercient chaleureusement Adrien,
qui a été le premier à croire en Sven et Tanka
et Camille qui a si admirablement pris le relais.

Merci à Claire et Kim pour leur précieux soutien.

À Élie et Salomé, les esprits lumineux de la tribu.
Rémy Benjamin

Maquette : Dominique Paquet

Première édition
Dépôt légal : mars 2024 - D. 2024/0089/162
ISBN 979-1-0347-6985-8

Éditions Dupuis s.a., rue Destrée 52, 6001 Marcinelle, Belgique.
Imprimé par PPO, rue de la Croix Martre 10, 91120 Palaiseau, France.
Achevé d'imprimer en février 2024.

www.dupuis.com

JE SUIS VENU DES TERRES DU NORD, J'AI PARCOURU LES ÎLES DE FEU ET DE GLACE...

NULLE MER NE ME RÉSISTE, NULLE TEMPÊTE NE M'ARRÊTE... JE N'AI PEUR DE RIEN !
NJÖRD ME PROTÈGE. IL EST À MES CÔTÉS, OÙ QUE J'AILLE.
JE SUIS SVEN, LE ROI DES MERS !
BON C'EST TOUT MAINTENANT, SVEN...
TU RETOURNES À L'ARRIÈRE !

NE FAIS PAS CETTE TÊTE, MON PETIT TROLL !
LAISSE DONC TON PÈRE FAIRE LE FIER AVEC SES AMIS ET RESTE AVEC MOI !
J'AI BESOIN DE TON AIDE !
MAMAN, C'EST QUOI LÀ-BAS ?
JE SUIS SVEN, FILS DE NJÖRD !
ET AUJOURD'HUI...

JE SUIS TANKA, LE PISTEUR LE PLUS RUSÉ DE LA TRIBU.
MON PÈRE M'A DIT DE RESTER AU VILLAGE, MAIS J'AI SUIVI LES ÉCLAIREURS SANS ME FAIRE VOIR.
ILS SE SONT LEVÉS TÔT CE MATIN. L'UN D'EUX A APERÇU QUELQUE CHOSE.
ILS SE SONT PEINT LE CORPS POUR DEMANDER LA PROTECTION DES ESPRITS.
MOI, LES ESPRITS, JE NE LES AI JAMAIS VUS. JE ME DEMANDE À QUOI ILS RESSEMBLENT.
TANKA !

TU NE M'AS PAS ÉCOUTÉ. ET TU AS ENCORE BEAUCOUP À APPRENDRE. AVEC LE VENT, J'AI SENTI TON ODEUR DE MYRTILLE TOUT LE LONG DU TRAJET.
MAINTENANT QUE TU ES LÀ, VIENS AVEC NOUS... NOUS N'AVONS JAMAIS VU UNE CHOSE PAREILLE !
PAPA, C'EST QUOI !?
JE L'IGNORE, MON FILS. MAIS ON DIRAIT QU'ILS VIENNENT ICI.
TU TREMBLES. IL NE FAUT PAS. LA VIE EST TOUJOURS PORTEUSE DE SURPRISES. IL FAUT POUVOIR LES ACCUEILLIR. LAISSE TON CŒUR OUVERT.
JE M'APPELLE TANKA !
ET AUJOURD'HUI...

... J'AI PEUR !

... J'AI PEUR !

Chapitre 1

OÙ SVEN ET TANKA SE RENCONTRENT, ET UNE JAMBE EST CASSÉE

ET SI TU TOMBES SUR L'UN DE CES SAUVAGES, HEIN ?
ILS NE PARLENT PAS LA MÊME LANGUE ! ILS HURLENT ! ILS GESTICULENT !
ILS DORMENT DANS DES TENTES EN PEAUX DE BÊTES, LES UNS SUR LES AUTRES... ILS SONT SALES !
ILS MANGENT PEUT-ÊTRE MÊME LES ENFANTS !
CROIS-MOI, CE SONT DES SAUVAGES !
PFF...
JE NE DOIS PAS FAIRE DE BRUIT.

LE DRAGON FAFNIR DORT…
IL PROTÈGE SON TRÉSOR.
MALGRÉ LES MISES EN GARDE DE MA MÈRE, JE BRAVE LE DANGER !
JE SUIS FORT !
JE N'AI PAS PEUR !
?
BOUH !
AH !
AAH !
?
AAAH !
AAAAH !

AÏE !
MA JAAAAAAMBE !
C'EST CE SALE DRAGON !
JE DOIS LE RETROUVER.
AÏE !
KRAC
JE SUIS COINCÉ ICI !
AAAAAAAAAAH !
HÉ !
SNIF, SNIF...

RIEN DE CASSÉ ?
T'ES QUI, TOI ?
LE DRAGON FAFNIR !
NOOOON, JE PLAISANTE !
JE M'APPELLE AKONÉ !
DÉSOLÉ POUR TOUT À L'HEURE... J'AI VOULU TE FAIRE UNE BLAGUE ET ÇA A MAL TOURNÉ !

C'EST MALIN... MAINTENANT JE SUIS COINCÉ ICI.
TU VEUX PAS M'AIDER ? ME FAIRE LA COURTE ÉCHELLE !?
NON MAIS TU M'AS BIEN REGARDÉ ?
ATTENDS ! J'AI UNE IDÉE !
WOUF
WAHOUU
ARRÊTE ! MAIS ARRÊTE !
WAHOU
HÉ !
WAHOUUU

POURQUOI TU HURLES COMME ÇA, TOI ?
C'EST PAS MOI, C'EST LUI !
MAIS ? IL EST PASSÉ OÙ ?
IL ÉTAIT JUSTE LÀ...
UN PETIT ESPRIT...
AH ! ÇA M'ÉTONNERAIT QU'UN ESPRIT SE MONTRE À UN SAUVAGE COMME TOI !
C'EST... C'EST TOI LE SAUVAGE !
ET COMMENT TU ES TOMBÉ ?
JE... J'ÉTAIS POURSUIVI PAR... PAR UNE BÊTE !
HAA ! HA ! HA ! HA !
VOUS ÊTES TROP NULS, VOUS AUTRES !
TU... TU VAS APPELER LES TIENS ?
NON.
J'AI MAL À LA JAMBE.
JE SAIS.

BON, JE TE SORS DE LÀ ?
D'ACCORD.
MERCI.
ALLEZ, JE TE RAMÈNE À TON VILLAGE.
PFF...
À CE RYTHME-LÀ, ÇA VA ÊTRE LONG !
ÇA VA, HEIN ! J'AI MAL !
GRR

GRR
AAAH !
!!
GRR
AAAH !
GRR
AYA

MERCI.
JE M'APPELLE TANKA.
ET MOI, SVEN !
HA HA HA ! SVEN ? C'EST QUOI CE NOM ?!
BON, TU ME RAMÈNES ?
HEU... TANKA ?
TU ES SÛR DU CHEMIN ?
LE SOIR TOMBE.
HAAA HA HA ! JE CONNAIS CETTE FÔRET COMME MA POCHE !
FAIS-MOI CONFIANCE !

OUI, BON, HEUU... C'EST BIZARRE !
LE MIEUX, C'EST QU'ON DORME ICI.
SVEN, TU AS PEUR ?
HEU... NON ! ET TOI ?
...
HA HA !
JE... JE CROIS QUE JE VAIS FAIRE UN FEU...
AH OUAIS, BONNE IDÉE !
TU...
TU M'AIDES ?
J'AI DU BOIS SEC !
J'AI DEUX PIERRES !
ÇA NE MARCHERA JAMAIS ! ON VA MOURIR DE FROID !
MAIS TAIS-TOI ! J'AI DÉJÀ VU MON PÈRE LE FAIRE MILLE FOIS !
ÇA VA MARCHER !
ON EST FICHUS, JE TE DIS...

ET SI VOUS LAISSIEZ FAIRE UN PRO ?
MAIS C'EST DIIIINGUE !
UN ESPRIT ! ON VOIT UN ESPRIT !
OUI, ET SINON, UN PETIT MERCI ?
DÉSOLÉ SVEN... JE TE DOIS DES EXCUSES !
LES ESPRITS T'AIMENT !
BON ! C'EST FINI LES CÂLINS ? Y EN A QUI AIMERAIENT DORMIR !
BONNE NUIT TANKA !
BONNE NUIT SVEN !

PIC
PAPAAA !!
VOUS... VOUS ALLEZ ME MANGER ?!
!?
HA HA HA HA HA HA HA HA HA HA
MAIS NON ! ON VA TE RAMENER !

VOILÀ.
BON.
MES PARENTS DOIVENT ÊTRE MORTS DE TROUILLE !
AU REVOIR !
AU REVOIR TANKA.
ET ILS T'ONT RECONDUIT JUSQU'ICI ?
OUI.
ET ILS N'ONT PAS ESSAYÉ DE TE MANGER ?
MAIS MAMAN, ARRÊTE !

Chapitre 2

OÙ LE NECTAR ATTIRE LES ABEILLES SAUVAGES

OÙ ON VA, TANKA ?
ATTENDS... TU VAS VOIR ! C'EST LE PLUS BEAU JOUR DE L'ANNÉE !
VA MOINS VITE !
TA JAMBE ?
OUI.
STOP !
IL VA FALLOIR ÊTRE AUSSI DISCRET QUE LE LOUP !
C'EST LÀ ! LE TRÉSOR !

RESTE ICI, NE BOUGE PAS !
TIENS, GOÛTE-MOI ÇA !
ENCORE !!!

PoC

C'EST TELLEMENT BOOOOON ! J'EN VEUX ENCORE !
BEN OUI, MAIS LA VIEILLE NATANE ELLE RIGOLE PAS... SI ELLE NOUS ATTRAPE, ON VA PASSER UN SALE MOMENT !
COMMENT ON VA FAIRE POUR EN RÉCUPÉRER ?
IL FAUT ALLER DIRECTEMENT À LA SOURCE !
À LA SOURCE ???
MAIS OUI, JE SUIS BÊTE !
ET VOILÀÀÀÀ...
OÙ EST-CE QUE C'EST, ENCORE ?
J'IMAGINE QUE JE PEUX TOUJOURS ATTENDRE POUR UN PEU DE RECONNAISSANCE !
MERCI, PETIT RÂLEUR !

LÀ-BAS !
C'EST BON ?
C'EST BON, MAIS MOINS SUCRÉ QUE QUAND C'EST CUIT...
IL FAUT JUSTE EN BOIRE PLUS POUR COMPENSER, C'EST TOUT !
WOUHAAAAAAAA !

WOUHAAAAAAA ! TU LES VOIS, TANKA ?
OUIIIIIIIIIIIIII !!!

HA HA HA !!
ALORS TANKA, TU VOULAIS ME PARLER ?
TU SAIS QUE TU PEUX ME PARLER LIBREMENT...
OUI.
SACHEM, EST-CE QUE LES ESPRITS EXISTENT ?
BIEN SÛR, LES ESPRITS SONT TOUT AUTOUR DE NOUS... ILS VEILLENT SUR NOUS !
ET ON PEUT LES VOIR ?
AAAAAH, ÇA ! RARES SONT LES HOMMES QUI PEUVENT S'EN VANTER ! MAIS J'AI UN SECRET À TE DIRE : QUAND J'AVAIS TON ÂGE, IL M'EST ARRIVÉ D'EN CROISER DANS LA FORÊT...
ET BEAUCOUP... ON PEUT EN VOIR BEAUCOUP ?
QU'EST CE QUE TU VEUX DIRE PAR LÀ ?
GENRE TOUT AUTOUR DE MOI !

TANKAAAAAA, TU AS BU DE LA SÈVE ?
OUI.
GENRE BEAUCOUP ?
OUI.
ET TON AMI ?
VRAIMENT BEAUCOUP !
HA ! HA ! SACRÉ TANKA !

Chapitre 3

OÙ LES PEINTURES NE SONT PAS AU GOÛT DE TOUS

QU'EST-CE QU'ILS DISENT ?

ILS DISENT QUE LE SOIR VA BIENTÔT TOMBER ET QUE LE VENT SE LÈVE... ET LES TIENS ?
QUE LE REPAS VA BIENTÔT ÊTRE PRÊT !
C'EST QUOI CES COULEURS SUR LEUR CORPS ?
C'EST LEURS PEINTURES DE CHASSE !
À QUOI ÇA SERT ?
C'EST POUR SOLLICITER LA PROTECTION DES ESPRITS !
C'EST TROOOOP CLASSE !
OUIIIIIIII ! TU VEUX QUE JE T'EN FASSE ?
TU SAIS FAIRE ÇA ?
BIEN SÛR !
ET... ON PEUT ?
JE NE SUIS PAS UN CHASSEUR, MOI. JE SUIS UN MARIN !
OH, ARRÊTE UN PEU ! NE FAIS PAS TON PEUREUX !
VIENS, JE VAIS TE MONTRER COMMENT ON FAIT !

BON, LE PREMIER TRUC À FAIRE, C'EST DE SE PROCURER LES PEINTURES.
C'EST ICI ! À CETTE HEURE-CI, LE SACHEM SE BAIGNE DANS LA RIVIÈRE… ON NE RISQUE RIEN !
TU ES SÛR ?
MAIS OUI, FAIS LE GUET PENDANT QUE J'ESSAIE DE LES ATTEINDRE…
POURQUOI JE DOIS FAIRE LE GUET SI ON NE RISQUE RIEN ?
OH, TU M'EMBÊTES…
ALLEZ, TANKA, VIENS, C'EST PAS GRAVE !
J'Y SUIS PREEEEEESQUE !
QU'EST-CE QUE VOUS FAITES LÀ ?!

AH, C'EST TOI ?
C'EST QUI ?
JE SUIS MAHÉO.
C'EST MA SŒUR !
NON. C'EST TOI QUI ES MON FRÈRE !
ET VOUS FAITES QUOI, LES CREVETTES ?
RIEN !
TANKA VEUT ME PEINDRE LE CORPS...
HA ! HA ! HA ! HA ! VOUS VOUS PRENEZ POUR DES GUERRIERS ?
NON, DES CHASSEURS.

ET VOUS VOULIEZ VOLER LES PIGMENTS DU GRAND SACHEM ?
OUI !
BON ! SUIVEZ-MOI !

ALLEZ, DÉSHABILLEZ-VOUS, LES CHASSEURS... JE VAIS VOUS PEINDRE !
ENLÈVE TOUT, SINON ELLE NE POURRA PAS PEINDRE TES JAMBES !
AAAH... MAIS... JE GARDE MES SOUS-VÊTEMENTS !
FSHH
COMME TU VEUX.
SHH
FSHH
SHH
FSHHH
SHHH

HEUUU,
SVEN...
QU'EST-CE QUE TU FAIS EN SOUS-VÊTEMENTS ? ON A DES INVITÉS !
JE NE SUIS PAS CERTAINE QUE TON COPAIN VOULAIT QUE JE LE PEIGNE...
AH BON ? TU CROIS !?

SVEN, POURQUOI TU N'AS PAS DE FRÈRE NI DE SŒUR ?
BEN, JE SAIS PAS !
ET TU AURAIS BIEN VOULU EN AVOIR ?
OUI PEUT-ÊTRE... POUR JOUER AVEC !
MAINTENANT, JE SUIS LÀ, MOI !

MAIS ELLE EST GENTILLE, MAHÉO !
NOOOOOOON ! ELLE FAIT TOUJOURS LA CHEFFE ET ELLE ARRÊTE PAS DE DIRE QU'ELLE EST BELLE !
MOI, PARFOIS, J'AIMERAIS BIEN NE PAS AVOIR DE SŒURS...
C'EST VRAI QU'ELLE EST BELLE...
OH ! IL NEIGE !
HÉ OH ! TU ES AMOUREUX D'ELLE OU QUOI ?

Chapitre 4

OÙ LA NEIGE SÉPARE LES AMIS

AU REVOIR, TANKA !
PRENDS SOIN DE TOI, VIEILLE BRANCHE !

UN BATEAU !
UN BATEAU !
VIENS, SVEN, ON VA LES ACCUEILLIR !

HELGA !
MON ONCLE !
KUUPIK, MON AMI ! MERCI D'AVOIR VEILLÉ SUR ELLE !
AVEC PLAISIR, ERIK.
SVEN ! DIS BONJOUR À TA COUSINE ET À KUUPIK.
BONJOUR.
SOYEZ LES BIENVENUS ! VENEZ, NOUS AVONS MILLE CHOSES À NOUS DIRE !

NOUS AVIONS QUITTÉ LE GRØNLAND DEPUIS CINQ JOURS…
C'ÉTAIT L'AURORE ET UNE BRUME ÉPAISSE RECOUVRAIT TOUT ALENTOUR.. AU LOIN, ON VIT PASSER UN GLACIER, DÉRIVANT. PEU À PEU, DES VOIX S'ÉLÈVENT DEPUIS LA BRUME…
D'ABORD DES MURMURES, PUIS DES CHANTS SOUTENUS. JE RECONNAIS LES CHANTS ET JE SAIS QU'IL S'AGIT DE L'UN OU L'AUTRE DES MIENS. PEU À PEU, ON COMMENCE À DISCERNER LEURS SILHOUETTES PAR-DESSUS LE GLACIER. JE REGARDE AUTOUR DE MOI ET JE SENS LA PEUR SUR CERTAINS VISAGES !
SOUDAIN, HARALD LANCE UN DE CES RÔTS GIGANTESQUES DONT IL A LE SECRET ET, AUSSITÔT, LE SILENCE RÈGNE.
UN LONG SILENCE…
ET QUE S'EST-IL PASSÉ ?

ILS SE SONT TOUS MIS À RIRE DE L'AUTRE COTÉ DU BROUILLARD !
HA HA HA HA HA HA HA HA
ET NOUS AVONS CONTINUÉ NOTRE ROUTE !
HARALD, POUSSE TON RÔT !
OUI!!! ! TON RÔT !
LE RÔT !
RÔÔÔTT
HA HA
ET QUELLES SONT LES NOUVELLES AU PAYS ?
TOUJOURS DES PETITES QUERELLES DE CLANS ! LA ROUTINE !
ET ENCORE CES PRÊTRES QUI ARRIVENT ET LES NÔTRES QUI SE CONVERTISSENT... LE THING VA BIENTÔT DEVOIR SE POSITIONNER !
ET LA BELLE FREYDIS S'EST FINALEMENT MARIÉE ! BIEN DES CŒURS SE SONT BRISÉS !
AUX CŒURS BRISÉS !
HA HA HA

MAINTENANT HELGA, DIS-MOI VRAIMENT... QUELLES SONT LES NOUVELLES ?
ELLES NE SONT PAS BONNES, MON ONCLE. J'EN AI BIEN PEUR.
APRÈS VOTRE DÉPART, J'AI ESSAYÉ DE CONTINUER À TENIR LA FERME EN ÉTAT, MAIS SANS VOS BRAS... ET SANS PAPA, C'ÉTAIT IMPOSSIBLE !
MA CHÈRE HELGA, MON FRÈRE ME MANQUE TELLEMENT !
J'AURAIS TANT VOULU QUE TU EMBARQUES AVEC NOUS... MAIS CE N'ÉTAIT PAS POSSIBLE.
KUUPIK ÉTAIT LÀ, ET IL M'A DÉFENDUE QUAND TORSTEN ET SES HOMMES SONT VENUS NOUS HARCELER.
DÈS QUE NOUS AVONS PU, NOUS AVONS ORGANISÉ NOTRE FUITE. RIEN NE SEMBLE CALMER LA COLÈRE DE TORSTEN !
PAS MÊME TON BANNISSEMENT !

NOUS AVONS DÛ ÊTRE TRÈS PRUDENTS ET QUITTER L'ÎLE PAR LE NORD, POUR QU'ON NE PUISSE PAS NOUS SUIVRE JUSQU'ICI.
JE SUIS CERTAIN QUE VOUS AVEZ FAIT LE NÉCESSAIRE !
JE NE SAIS PAS SI TORSTEN NOUS LAISSERA Y REVENIR UN JOUR...
ZZ
PEU IMPORTE, TOUT ÇA EST DERRIÈRE NOUS DÉSORMAIS. NOUS VOILÀ RÉUNIS. MAIS NE PARLE PAS DE TOUT ÇA À SVEN, D'ACCORD ?
IL EST ENCORE SI FRAGILE...
JE N'AI PAS ENVIE QU'IL S'INQUIÈTE !

ZZ
ZZ
TU VOIS CETTE ÉTOILE ? TOUTE SEULE À CÔTÉ DU SERPENT ?
OUI.

LE SOIR, CHACUN DANS NOTRE VILLAGE, SI ON LA REGARDE EN MÊME TEMPS...
... C'EST COMME SI ON ÉTAIT ENSEMBLE !
BEN ALORS, ICI ?
C'EST PAS LA JOIE.

NON, PAS VRAIMENT.
RACONTE !
J'EN AI RAS LE CASQUE D'ÊTRE PRIS POUR UN ENFANT !
JE NE PEUX JAMAIS ME BALADER SEUL ET JOUER AVEC TANKA ! MA MÈRE A TOUJOURS PEUR QUE JE ME BLESSE ET MON PÈRE NE PARTAGE RIEN AVEC MOI ! IL ME PREND POUR UN BÉBÉ !
IL PRÉFÈRE HELGA !
ET LÀ, EN CE MOMENT PRÉCIS ? QU'EST-CE QUE TU AIMERAIS FAIRE ?
JE VOUDRAIS ÊTRE AVEC TANKA !
FORMIDABLE ! ET QU'EST-CE QUI T'EMPÊCHE D'ALLER LE REJOINDRE ?
BEN… IL NEIGE, IL FAIT NUIT ET JE NE SAIS PAS OÙ SE TROUVE SON CAMPEMENT D'HIVER !
SVEN, ÉCOUTE-MOI BIEN…

SI TU VEUX QU'ON ARRÊTE DE TE PRENDRE POUR UN GROS BÉBÉ, IL FAUT QUE TU ARRÊTES DE TE COMPORTER COMME UN GROS BÉBÉ !
SOIS BRAVE !
DÉCIDE POUR TOI-MÊME !
GRANDIS !

JE SUIS FORT !
JE SUIS BRAVE !
JE SUIS BRAVE !
JE SUIS FORT !
COURAGE, LE SOLEIL VA BIENTÔT MONTER DANS LE CIEL ET TE RÉCHAUFFER UN PEU...
ENCORE ? ON EN A DÉJÀ FAIT TROIS DEPUIS NOTRE DÉPART !
OU ALORS, TU NOUS ALLUMES UN PETIT FEU ?

LÀ ! LES TRACES CONTINUENT !
ON EST SUR LA BONNE VOIE !
HEUUUU... SVEN, TU PEUX VENIR VOIR ?
WAAAAAAAAH !
JE CROIS QU'ON S'EST UN PEU PLANTÉS !

COMMENT A-T-ON PU PRENDRE DES TRACES DE CERF POUR LES TRACES DE LA TRIBU DE TANKA ?
BONNE QUESTION, QUI MÉRITERAIT QU'ON Y TRAVAILLE.
C'EST FINI ! ON S'ARRÊTE POUR AUJOURD'HUI... J'EN AI RAS LE CASQUE ! ET PUIS LE FROID ME FAIT SUPER MAL À LA JAMBE !
JE M'OCCUPE DU FEU !
J'AI TROOOOOOOP FAIM, JE POURRAIS MANGER..
ATTENTION !
OUILLE !
C'ÉTAIT QUOI CE BRUIT ?
ÇA PEUT QUAND MÊME PAS VENIR DU SAC...
BEN SI !
AAAAAAAAAH !

DÉSOLÉ...
JE NE VOULAIS PAS VOUS FAIRE PEUR !
OH ! UN ESPRIT !
TU ES QUI, TOI ? JE NE T'AI JAMAIS VU PAR ICI.
C'EST QUE JE NE SUIS PAS D'ICI...
JE SUIS INGIMARR, ESPRIT DOMESTIQUE D'EXPÉRIENCE !
RACONTE-NOUS COMMENT TU ES ARRIVÉ ICI !
OOOOH, C'EST ASSEZ SIMPLE. RIEN D'EXTRAORDINAIRE. CETTE AVENTURE EST À L'IMAGE DE MA VIE : BANALE.
JE VOULAIS FAIRE UNE PETITE SIESTE, PAR UN BEL APRÈS-MIDI ENSOLEILLÉ, ET JE ME SUIS POSÉ DANS CETTE SACOCHE. J'AI DORMI PROFONDÉMENT, COMME ÇA M'ARRIVE PARFOIS, ET QUAND JE ME SUIS RÉVEILLÉ, ON ÉTAIT SUR UN BATEAU, AU MILIEU DE L'OCÉAN, SOUS LA TEMPÊTE.
HEY ! MAIS ALORS, TU VIENS DE CHEZ MOI ! C'EST GÉNIAL !
GÉNIAL, JE SAIS PAS... JE TROUVE CET ENDROIT ASSEZ HOSTILE !
OUAIS, BEN TU AS PEUT-ÊTRE RAISON, ON N'AIME PAS TROP LES FLEMMARDS PAR ICI !
AKONÉ ! TU VAS LUI FAIRE PEUR..
NE T'INQUIÈTE PAS, JE VAIS PRENDRE SOIN DE TOI !
ÇA NE T'EMBÊTE PAS SI JE RESTE DANS LE SAC ? JE M'Y SENS MIEUX...
NON, PAS DE SOUCIS ! D'AILLEURS, IL EST TEMPS DE DORMIR. UNE LONGUE ROUTE NOUS ATTEND DEMAIN !

GROUUIII
J'AI FAIM.
OÙ EST MON SAC ? AKONÉ, TU AS VU LE SAC ?
MMMM... QUOI ? J'AI EU FROID CETTE NUIT.
IL EST LÀ-BAS !
DANS LES BUISSONS.
DES BÊTES ONT ATTAQUÉ LE CAMPEMENT CETTE NUIT ET ONT DÉVORÉ LE CONTENU DU SAC.
J'AI ESSAYÉ DE TE PRÉVENIR, MAIS TU NE M'AS PAS ENTENDU... TU RONFLES TROP !
LE SAC DE PAPA...

FOUTU !
MENTEUR !
JE SUIS SÛR QUE C'EST TOI QUI A TOUT MANGÉ !
PAS DU TOUT ! J'AI ESSAYÉ DE VOUS PRÉVENIR !
C'EST ÇA, OUAIS, TU DORS DANS LE SAC ET COMME PAR HASARD LA NOURRITURE QUI SE TROUVE DEDANS A DISPARU...
AKONÉ, ARRÊTE ! PUISQU'IL TE DIT QUE C'EST PAS LUI !
AH OUAIS ? EH BEN MOI J'AI PAS CONFIANCE EN LUI !
MAIS PUISQUE TU L'AIMES TANT, JE TE LAISSE SEUL AVEC LUI !
AKONÉÉÉÉÉÉ... ATTENDS ! TE FÂCHE PAS !
T'INQUIÈTE PAS, IL VA SE CALMER UN PEU ET IL VA REVENIR.. C'EST TOUJOURS COMME ÇA AVEC LES ESPRITS DE FEU !
APRÈS TOUT, IL VIENT DU MÊME PAYS QUE TOI, LUI !

JE N'EN PEUX PLUS... J'AI TROP FAIM !
HÉ ! TU PEUX PAS RESTER LÀ, TU VAS TE TRANSFORMER EN BONHOMME DE GLACE !
J'AI PLUS DE FORCE...
ON VA ESSAYER DE TE TROUVER À MANGER... IL DOIT BIEN Y AVOIR QUELQUES FRUITS...
HEUUUUU... VAS-Y MOLLO QUAND MÊME, HEIN ! FAUDRAIT PAS QUE TU FINISSES AVEC LA COURANTE, ON A RIEN POUR T'ESSUYER !
AAAAAAAAH ! ÇA FAIT DU BIEN !

ÇA PIQUE UN PEU EN BOUCHE, MAIS J'AI REPRIS DES FORCES... EN AVANT !
TANKA, J'ARRIVE !
RIEN NE PEUT ARRÊTER L'INTRÉPIDE SVEN !
NI LES FORÊTS, NI LES MONTAGNES, PAS MÊME LES LOUPS AFFAMÉS ! TREMBLEZ, PAUVRES CRÉATURES !
HEUUUU... ÇA VA, SVEN ? TU ME FAIS PEUR, LÀ....
J'AI... LE FEU... DANS LE VENTRE...
TU M'ENTENDS ?

INGIMARR ?
TU ES OÙ ?

JE SUIS OÙ ?
J'AI FROID... J'AI TELLEMENT FROID...
APPROCHE-TOI, SVEN...
N'AIE PAS PEUR, REJOINS-MOI !
QUI ES-TU ?

QUI JE SUIS A PEU D'IMPORTANCE. TU DOIS TE DEMANDER QUI TU ES, TOI.
JE SUIS SVEN, FILS D'ERIK, FILS DE BJÖRN. JE VIENS DE PAR-DELÀ LES MERS, D'UNE ÎLE QUI FUT MA MAISON. ET JE CHERCHE MON AMI.
TON AMI EST PERDU ?
NON, IL EST AVEC LES SIENS.
ALORS POURQUOI LE CHERCHES-TU ? ET POURQUOI, TOI, TU N'ES PAS AVEC LES TIENS ?
PARCE QUE MON PÈRE ME TROUVE NUL !
IL TE L'A DIT ?
NON.
MAIS IL ME PREND POUR UN ENFANT. IL NE ME FAIT PAS CONFIANCE.
N'ES-TU PAS UN ENFANT ?
SI. MAIS JE SUIS GRAND MAINTENANT, JE PEUX AIDER, FAIRE DES CHOSES...

QUE CHERCHES-TU DANS CE VOYAGE ? RETROUVER TON AMI ? TE PROUVER QUE TU N'ES PLUS UN ENFANT ? INQUIÉTER TES PARENTS ? LEUR FAIRE PEUR ?
JE... JE VEUX RETROUVER TANKA !
MAIS... MAIS JE NE SAIS PAS OÙ IL EST.
QU'EST-CE QU'IL T'A DIT, AVANT DE PARTIR ?
QU'IL ALLAIT REVENIR QUAND LA NEIGE AURAIT FONDU... IL M'A PARLÉ DES ÉTOILES...
S'IL T'A DIT QU'IL ALLAIT REVENIR, POURQUOI NE PAS ATTENDRE ? POURQUOI ÊTRE SI PRESSÉ ?
CHAQUE CHOSE EN SON TEMPS, MON PETIT SVEN.
JE SUIS FATIGUÉ...
MANGE ÇA ET TU TE SENTIRAS MIEUX...
À BIENTÔT, SVEN...
SVEN !

J'AI... J'AI VU UN GRAND ESPRIT !
EH BEN, TU NOUS A FAIT PEUR, MON PETIT CHEVELU !
AKONÉ ! TU ES REVENU ?
OUI, TON COPAIN LE FROUSSARD A HURLÉ APRÈS MOI...
J'AI EU TELLEMENT PEUR QUAND TU ES TOMBÉ DANS LES POMMES !
JE SUIS DÉSOLÉ, SVEN, C'EST MOI QUI T'AI FAIT MANGER LES BAIES !
T'INQUIÈTE PAS, C'EST MOI L'IDIOT ! JE N'AURAIS JAMAIS DÛ QUITTER LES MIENS. ON VA RENTRER À LA MAISON.
LE PROBLÈME, C'EST QUE JE NE CONNAIS PAS LE CHEMIN... IL FAUDRAIT PEUT-ÊTRE ESCALADER UN ARBRE, POUR VOIR LES ALENTOURS...
SVEN !

JE ME DISAIS BIEN QUE JE RECONNAISSAIS TA VOIX.
HELGA, C'EST TOI !
À QUI TU PARLAIS COMME ÇA ?
ROH LÀ LÀ, TU N'AS PAS L'AIR BIEN. ALLEZ, VIENS, JE TE RAMÈNE !
COMMENT TU AS FAIT POUR ME RETROUVER ?
TU N'ÉTAIS VRAIMENT PAS PARTI BIEN LOIN...
TOUT LE MONDE EST INQUIET, TU SAIS !
C'EST LA DEUXIÈME FOIS QUE TU DISPARAIS EN PEU DE TEMPS...

TU CROIS QUE LA NEIGE VA ENCORE TOMBER LONGTEMPS ?
ENCORE AU MOINS QUELQUES SEMAINES... POURQUOI ?
PARCE QUE J'AI FROID !
J'AI ENVIE DE SENTIR LE SOLEIL SUR MA PEAU, DE ME BAIGNER DANS LA RIVIÈRE...
J'AI ENVIE DE REVOIR LE MARTIN-PÊCHEUR, D'ENTENDRE LE CHANT DE SES AMIS, DE REVOIR LES FOURMIS L'UNE DERRIÈRE L'AUTRE...

JE N'EN PEUX PLUS DU CIEL GRIS ET DU FROID.
DIS-MOI PLUTÔT QUE TU VEUX REVOIR SVEN...
OUI.

Chapitre 5

OÙ LE SOLEIL TENTE DE RÉCHAUFFER LES CŒURS

QUELLES SONT LES NOUVELLES ?
LES NATIFS DE LA RIVIÈRE SONT DE RETOUR...
ILS ONT RECONSTRUIT LEUR CAMPEMENT !

TANKA !
SVEN !
HA ! HA ! HA !

TOUCHÉ ! C'EST TOI LE DRAGON !
HA HA HA ! TU N'AS PAS PROGRESSÉ PENDANT L'HIVER !
C'EST PAS JUSTE, MA JAMBE ME FAIT MAL !
COURS PLUS VITE !
SVEN, QU'EST-CE QUE C'EST QUE ÇA ?

C'EST LE CHANTIER POUR LE BOIS...
ÇA NE VA PAS DU TOUT... ÇA NE VA PAS DU TOUT !
QU'EST-CE QUI SE PASSE, TANKA ? POURQUOI TU T'ÉNERVES ?
MAIS SVEN... VOUS AVEZ TOUT COUPÉ !
OÙ VONT VIVRE LES OISEAUX ?
COMMENT VONT POUSSER LES CHAMPIGNONS ?
VOUS...
VOUS ÊTES...
... DES SAUVAGES !

OH ! ARRÊTE UN PEU ! LES ARBRES, ÇA REPOUSSE, HEIN !
TU NE COMPRENDS RIEN...
MON PÈRE A RAISON, VOUS N'ÊTES PAS COMME NOUS ! JE VAIS TOUT LUI DIRE...
ATTENDS, TANKA...
TU ME DÉÇOIS, SVEN !
TANKA...

MON PÈRE DIT QUE VOUS DEVEZ ARRÊTER DE COUPER LE BOIS IMMÉDIATEMENT, OU NOUS DEVRONS VOUS EN EMPÊCHER.
MON PÈRE DIT QUE NOUS EN AVONS BESOIN POUR CONSTRUIRE NOS MAISONS, NOS ÉTABLES ET NOS GRENIERS.
MON PÈRE DIT QUE VOUS N'AVEZ PAS BESOIN D'AUTANT DE MAISONS. VOUS POUVEZ VIVRE DANS DES WIGWAMS, COMME NOUS.
MON PÈRE DIT QUE CE N'EST PAS À VOUS DE NOUS DIRE COMMENT NOUS DEVONS VIVRE.

MON PÈRE VOUS DONNE JUSQU'À LA PROCHAINE LUNE POUR TROUVER UNE SOLUTION ET ARRÊTER DE COUPER LE BOIS.
MON PÈRE DIT QUE TON PÈRE EST SOURD.
TANKA !
SVEN !
TON AMI NE VIENDRA PLUS CHEZ NOUS, MON FILS ! TU NE JOUERAS PLUS AVEC LUI.

Chapitre 6

OÙ LE SENTIER DE LA GUERRE EST PROCHE

TU CROIS QU'ILS VONT VRAIMENT SE BATTRE ?
QUI DONC ?
PAPA ET LE PÈRE DE SVEN... ET PUIS TOUS LES AUTRES !

JE VEUX DIRE... TU CROIS QU'ILS VONT SE BATTRE AVEC DES VRAIES ARMES ?

HA HA HA ! AVEC QUOI TU VEUX QU'ILS SE BATTENT ? DES PLUMES ?
C'EST PAS DRÔLE !

ALLEEEEEZ, MON PETIT MERLE, IL FAUT RIGOLER UN PEU !
NE M'APPELLE PAS COMME ÇA !
C'EST TON COPAIN QUI TE MANQUE ?
OUI...
JE REGRETTE CE QUE JE LUI AI DIT ! J'AIMERAIS BIEN LE REVOIR ET JOUER AVEC LUI !
EH BEN VAS-Y, VA LE VOIR !
PAPA A DIT QUE JE NE POUVAIS PAS !
OOOOH, TANKA, IL FAUT QUE TU GRANDISSES !
TU NE VAS QUAND MÊME PAS ÉCOUTER PAPA TOUTE TA VIE !
MAIS... MAIS...
JE SERAI DISCRÈTE, C'EST PROMIS !
NE T'INQUIÈTE PAS !
JE DIRAI QUE TU ES RESTÉ AVEC MOI ICI, TOUTE LA JOURNÉE !

TU CROIS QUE JE...
MAHÉO !
QUOI ? NE FAIS PAS CETTE TÊTE !

ALEEEEEEEERTE ! DES NATIFS !

SVEN, JE VIENS TE RACONTER CE DONT J'AI ÉTÉ TÉMOIN CE MATIN, AU BORD DE LA RIVIÈRE.
TU AS L'AIR FÂCHÉE, MAHÉO...
DES HOMMES À VOUS ONT ENLEVÉ MON FRÈRE.
TANKA !?
PAPA, ELLE DIT QUE TANKA S'EST FAIT ENLEVER ! ELLE DIT QUE C'EST NOUS !
RECONNAIS-TU ICI LES HOMMES QUI ONT ENLEVÉ TANKA ?
NON.
ALORS CE N'EST PAS NOUS.

MON PÈRE VOUS DONNE JUSQU'À CE SOIR POUR RAMENER MON FRÈRE AU VILLAGE. SINON, PRÉPAREZ-VOUS À LA GUERRE.
MAHÉO, NON ! JE VOUS JURE QUE C'EST PAS NOUS !
PAPA, C'EST PAS NOUS, HEIN ? C'EST PAS NOUS !
NE T'INQUIÈTE PAS, SVEN...

Chapitre 7

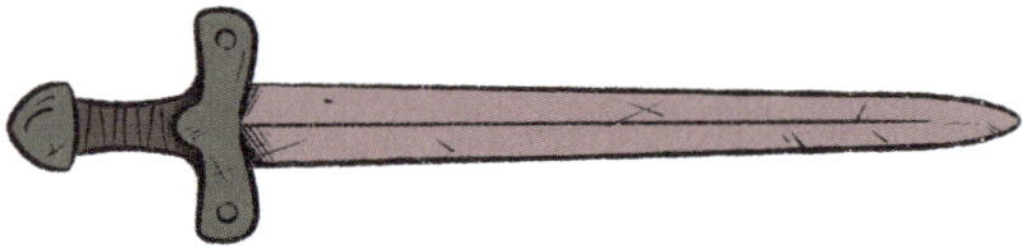

OÙ LE FEU S'ALLIE À L'EAU

NOUS DEVONS GARDER LA TÊTE FROIDE ET RÉFLÉCHIR. NOUS AVONS TROUVÉ UN NOUVEAU FOYER. NE NOUS SENTONS-NOUS PAS BIEN ICI ? NOUS DEVONS TROUVER UNE SOLUTION !
EN TOUT CAS, MOI, JE NE VEUX PAS DEVOIR PARTIR À NOUVEAU !
D'ACCORD, YRSA, MAIS EN ATTENDANT DE TROUVER UNE SOLUTION, IL VAUT MIEUX S'ATTENDRE AU PIRE ET PRÉPARER NOS ARMES !
IL A RAISON !
AUX ARMES !

POC
QU'EST-CE QUE VOUS FAITES LÀ ?
IL FAUT QU'ON PARLE.
REJOINS-NOUS DISCRÈTEMENT DANS LES BOIS...
ON EST VENUS TE VOIR CAR SI ON NE TROUVE PAS UNE SOLUTION, CE SERA LA GUERRE.
ON TE PROMET QUE CE N'EST PAS NOUS QUI AVONS ENLEVÉ TANKA.
PEUX-TU NOUS DÉCRIRE LE PLUS PRÉCISÉMENT POSSIBLE LES HOMMES QUI ONT ENLEVÉ TON FRÈRE ?
ILS ÉTAIENT DEUX. L'UN ÉTAIT GRAND AVEC UNE FOURRURE ROUGE, L'AUTRE PLUS PETIT AVEC UNE FOURRURE BLANCHE. LE PETIT N'AVAIT QUE TROIS DOIGTS À LA MAIN GAUCHE !
MAIS BIEN SÛR ! CE SONT LES HOMMES DE TORSTEN !
C'EST QUI, TORSTEN ?

IL VIENT DE LA MÊME ÎLE QUE NOUS. IL A UNE DETTE D'HONNEUR AVEC LE PÈRE DE SVEN, ET IL NOUS A SUIVIS JUSQU'ICI POUR SE VENGER !
POURQUOI VOULAIT-IL NOUS ENLEVER ?
PEUT-ÊTRE PARCE QUE JE VOUS CONNAIS...
IL FAUT ABSOLUMENT PRÉVENIR NOS PARENTS. MAHÉO, ESSAIE DE CONVAINCRE TON PÈRE QUE NOUS N'Y SOMMES POUR RIEN ET DE NE PAS NOUS ATTAQUER ! MOI, JE VAIS PRÉVENIR ERIK POUR QUE NOS HOMMES SE PRÉPARENT À UN ASSAUT CÔTIER.
ET TANKA ?
PLUS TARD, D'ABORD PRÉVENIR LES ADULTES !
NON ! MOI, JE VAIS CHERCHER TANKA ! JE CONNAIS CETTE FORÊT. JE VAIS RETROUVER LE CAMPEMENT DE TORSTEN ET VOUS INDIQUER L'ENDROIT ! JE SERAI VOTRE ÉCLAIREUR !
D'ACCORD, SVEN, ON FAIT COMME ÇA.
MERCI LES AMIS, JE VAIS PRÉVENIR MON PÈRE !

LA SITUATION EST COMPLIQUÉE ET JE COMPRENDS LES TOURMENTS DE TON CŒUR.
CEPENDANT, IL NE S'AGIT PAS SEULEMENT DE LA VIE DE TON FILS, MAIS DE CELLE DE TOUS NOS BRAVES.
TU DOIS ESSAYER DE RAISONNER LE PLUS JUSTEMENT POSSIBLE.
C'EST MON FILS QUI EST PRISONNIER ! PERSONNE NE PEUT COMPRENDRE LA PEUR ET LA COLÈRE QUI RÈGNENT DANS MON CŒUR ET CELUI DE MA FEMME.
PAPA ! TU ES LÀ ! JE DOIS TE PARLER. JE SAIS OÙ EST TANKA !
PARLE, MA FILLE ! OÙ ?
ENFIN, JE NE SAIS PAS VRAIMENT OÙ, MAIS SVEN ET HELGA SAVENT QUI A ENLEVÉ TANKA.
C'EST UN HOMME AU CŒUR MAUVAIS QUI VEUT LES ATTAQUER !
NOUS DEVONS LES AIDER !
MAHÉO, JE T'AVAIS INTERDIT DE LEUR PARLER ! IL S'AGIT CERTAINEMENT D'UN MENSONGE POUR NOUS ATTIRER DANS UN PIÈGE !
MOI, J'AI CONFIANCE EN L'ENFANT AUX CHEVEUX JAUNES. IL EST BON.
ET MOI, JE N'AI PAS CONFIANCE EN SON PÈRE !

SVEN EST UN ÉCLAIREUR RUSÉ !
PERSONNE N'EST AUSSI DOUÉ QUE LUI. RIEN NE L'EMPÊCHERA DE TROUVER OÙ SON AMI TANKA EST CACHÉ !
TANKA...
OH LÀ LÀ ! QUELLE IDÉE ENCORE ! CETTE FORÊT EST IMMENSE, JE NE VAIS JAMAIS Y ARRIVER TOUT SEUL !
QUI TE DIT QUE TU DOIS FAIRE ÇA TOUT SEUL ?
AKONÉ ! TU ES LÀ !
BEN OUI, JE VAIS PAS TE LAISSER GALÉRER !
TU ES GENTIL, MAIS MÊME À DEUX ON N'Y ARRIVERA PAS...
ET QUI TE DIT QU'ON VA FAIRE ÇA À DEUX ?
J'AI PLEIN D'AMIS DANS CETTE FORÊT...

LES AMIS, ON CHERCHE UN CAMPEMENT SECRET DE GROS BARBUS. JE COMPTE SUR VOUS POUR LE TROUVER !
MON ONCLE ! MON ONCLE !
HELGA, QUE SE PASSE-T-IL ?
TORSTEN... TORSTEN...
QUOI, TORSTEN ? PARLE !
TORSTEN EST LÀ. C'EST LUI QUI A ENLEVÉ TANKA. IL FAUT SE PRÉPARER À L'ASSAUT !

MON PLAN DIGNE DU PERFIDE LOKI A FONCTIONNÉ ! LES NATIFS VONT ATTAQUER LA COLONIE D'ERIK ! NOUS ALLONS LES ASSAILLIR EN MÊME TEMPS. LA VICTOIRE EST À NOUS ! HA HA HA !
BJÖRN, HARALD, COMME VOUS N'AVEZ PAS ÉTÉ CAPABLES DE RAMENER LA SŒUR DU PETIT SAUVAGE AUSSI...
... VOUS RESTEREZ ICI POUR GARDER LE CAMPEMENT, ET SURTOUT, LE PETIT. IL POURRAIT BIEN NOUS ÊTRE ENCORE UTILE POUR NÉGOCIER AVEC LES NATIFS. DE TOUTE FAÇON, VOUS NE NOUS MANQUEREZ PAS POUR LA BATAILLE !
HA !
HA ! HA !
HA ! HA !
PSSST, TANKA !

TIENS BON ! ON EST LÀ POUR T'AIDER !
SVEN...
ILS NE SONT PLUS QUE DEUX, C'EST L'OCCASION RÊVÉE DE LIBÉRER TANKA.
AKONÉ, EST-CE QUE TU POURRAIS ALLER LÀ-BAS ET INTERVENIR ? JE SAIS PAS MOI... LES ASSOMMER ?
TU RIGOLES ? JE NE SAIS PAS FAIRE ÇA, MOI !
JE NE SUIS PAS DE VOTRE MONDE. JE N'EXISTE QU'À TRAVERS LES YEUX DE CEUX QUI ME VOIENT...
À PART AIDER À ALLUMER UN PETIT FEU DE TEMPS EN TEMPS, JE NE SERS À RIEN...
MAIS OUI, BIEN SÛR ! C'EST GÉNIAL !
CE QU'IL ME FAUDRAIT, C'EST UN COUTEAU... OU UN TRUC TRANCHANT !
MOI, JE PEUX SERVIR !

PUNAISE, QUAND MÊME, C'EST TOUJOURS SUR NOUS QUE ÇA TOMBE...
OUI, ILS COMMENCENT À M'AGACER, LUI ET SON CASQUE RIDICULE !
SNIF ! SNIF ! TU NE SENS RIEN ?
BJÖRN !
OÙ EST LE GOSSE ?
TORSTEN VA NOUS TUER !

HELGA, J'ESPÈRE POUR TOI QUE SVEN EST SAIN ET SAUF...
J'EN SUIS SÛRE, MA TANTE.
LES VOILÀ !
HAAAAA !
COURAGE MES AMIS, ILS SONT NOMBREUX, MAIS UNE BATAILLE N'EST JAMAIS PERDUE TANT QU'ON NE L'A PAS LIVRÉE...
ON EST FOUTUS !
ERIK, LÀ-BAS !

LES NATIFS !
ON EST FOUTUS !
MAIS... MAIS...

ILS SONT AVEC NOUS !
LES SAUVAGES SONT AVEC EUX ! REPLI ! REPLI !

BADAM
PABOUM

NOUS NE TOUCHERONS PLUS AU BOIS, JE TE LE PROMETS...
NOUS TROUVERONS UNE SOLUTION. MERCI POUR VOTRE AIDE.
UNE LÉGENDE RACONTE QUE LES MIENS SONT ARRIVES SUR CES TERRES IL Y A TRÈS LONGTEMPS, PAR LES GLACES DE LA MER DE L'OUEST.

ET NOUS SOMMES ARRIVÉS PAR LA GRANDE MER DE L'EST.
ALORS NOUS AVONS FAIT UN LONG CHEMIN POUR NOUS RENCONTRER, MON FRÈRE.
FRÈRE
FRÈRE

Rémy Benjamin

BRICE

LES VIKINGS ÉTAIENT DE GRANDS MARCHANDS ET D'EXCELLENTS NAVIGATEURS QUI ONT QUITTÉ LA SCANDINAVIE POUR S'IMPLANTER UN PEU PARTOUT EN EUROPE...
ET BIEN PLUS LOIN ENCORE !
IL EST QUASIMENT CERTAIN QU'ILS ONT DÉCOUVERT L'AMÉRIQUE VERS L'AN 1000, BIEN AVANT CHRISTOPHE COLOMB, EN S'INSTALLANT DANS UNE RÉGION QU'ILS APPELÈRENT LE VINLAND.
GROENLAN
AMÉRIQUE DU NORD
VINLAND

MALHEUREUSEMENT, IL EST TRÈS COMPLIQUÉ DE SAVOIR PRÉCISÉMENT OÙ ET COMBIEN DE TEMPS ILS Y RÉSIDÈRENT ET S'ILS ONT ÉTÉ EN CONTACT RÉGULIER AVEC LES HABITANTS DE LA RÉGION CAR LES TRACES ARCHÉOLOGIQUES MANQUENT...
MAIS TANT MIEUX, CELA LAISSE PLUS DE PLACE À L'IMAGINATION !
ISLANDE
SCANDINAVIE
LE VILLAGE DE TANKA SE TROUVE DONC QUELQUE PART ENTRE LE VINLAND ET LA RÉGION DES GRANDS LACS D'AMÉRIQUE DU NORD. SVEN, LUI, VIENT CERTAINEMENT DU GROENLAND.
OCÉAN
ATLANTIQUE
ET MALGRÉ LES KILOMÈTRES QUI LES SÉPARENT, CES DEUX-LÀ ÉTAIENT FAITS POUR SE RENCONTRER !

RELIE LES POINTS DE LA CONSTELLATION POUR DÉCOUVRIR TON ANIMAL TOTEM.
COMBIEN DE PLUMES SVEN A-T-IL RAMASSÉES ?

AIDE SVEN ET TANKA À RETROUVER : AKONÉ, INGIMARR, HELGA, UN ARC, UNE HACHE ET LE SAC D'ERIK.
SUR QUELLE CORDE TANKA DOIT-IL TIRER POUR RÉCUPÉRER DU SIROP D'ÉRABLE ?
2 WIGWAMS SONT IDENTIQUES, LESQUELS ?
SAURAS-TU DÉCHIFFRER CETTE INSCRIPTION ?
SOLUTIONS. LES CORDES : LA PREMIÈRE. LES WIGWAMS : LE DEUXIÈME ET LE SIXIÈME. LES PLUMES : QUATORZE. LA PHRASE CODÉE : SVEN ET TANKA CHERCHENT AKONÉ DANS LA FORÊT. TU PEUX T'AIDER DU GLOSSAIRE DERRIÈRE LE RABAT DU LIVRE POUR L'ÉNIGME À DÉCHIFFRER.